熙米與多恩

熙米與多恩的大掃除

插畫家 ➤ 妮可　　　　　　　編劇 ➤ 尼爾

美好的清晨， 今天是個好天氣。

熙米伸懶腰起床了，　多恩還在床上呼呼大睡。

熙米邊搖著多恩邊喊著：
「趕快起床， 不要賴床，
起來吃早餐！」

多恩：「 嗯～～～ 」

熙米沒有叫醒賴床的多恩，
只好先放棄了。

熙米下樓去準備早餐

對熙米來說，每天要吃的早餐很重要。
熙米想到昨天吃的麥片，
看了看廚房桌子上的東西，
決定今天吃果醬配吐司。

因為多恩最喜歡吃果醬吐司，
尤其是草莓果醬，
相信他一定會很開心的。

烤ㄎㄠˇ吐ㄊㄨˇ司ㄙ

塗ㄊㄨˊ果ㄍㄨㄛˇ醬ㄐㄧㄤ   倒ㄉㄠˋ牛ㄋㄧㄡˊ奶ㄋㄞˇ

已一經ㄐㄧㄥ準ㄓㄨㄣ備ㄅㄟ好ㄏㄠ早ㄗㄠ餐ㄘㄢ，
但ㄉㄢ是ㄕ多ㄉㄨㄛ恩ㄣ還ㄏㄞ賴ㄌㄞ在ㄗㄞ床ㄔㄨㄤ上ㄕㄤ。

熙ㄒㄧ米ㄇㄧ對ㄉㄨㄟ樓ㄌㄡ上ㄕㄤ大ㄉㄚ喊ㄏㄢ：
「趕ㄍㄢ快ㄎㄨㄞ起ㄑㄧ床ㄔㄨㄤ，
下ㄒㄧㄚ來ㄌㄞ吃ㄔ早ㄗㄠ餐ㄘㄢ了ㄌㄜ！」

多ㄉㄨㄛ恩ㄣ一ㄧ個ㄍㄜ沒ㄇㄟ注ㄓㄨ意ㄧ，
踩ㄘㄞ到ㄉㄠ自ㄗ己ㄐㄧ沒ㄇㄟ有ㄧㄡ收ㄕㄡ起ㄑㄧ來ㄌㄞ的ㄉㄜ玩ㄨㄢ具ㄐㄩ跌ㄉㄧㄝ下ㄒㄧㄚ樓ㄌㄡ。

ㄒㄩˊ～ 碰ㄆㄥ

哎ㄞ呀ㄧㄚ！好ㄏㄠ痛ㄊㄥ呀ㄧㄚ

熙米在廚房聽到很大的聲音， 嚇了一大跳。

熙米朝著聲音的方向跑出去。

看到倒在地上的多恩，
熙米匆匆忙忙地跑過去將他扶起。

熙米說：「你的玩具、 衣服亂放， 吃完的東西亂丟， 房間、 客廳都被弄得亂七八糟。 」

「吃完早餐就準備來打掃吧！ 把所有東西收拾好， 多恩也要幫忙， 一起整理玩具。 」

多恩吃著自己最喜歡的果醬吐司，
雖然想慢慢享用，
但怕熙米因為家裡亂亂的而生氣，
還是加快速度， 迅速吃完早餐。

多恩急急忙忙得衝上樓， 趕快去整理房間。

在收玩具的過程中，
多恩分心了，
他幻想自己駕駛帥氣的車子，
跟開著船在海上遊行。

其實多恩最喜歡的玩具是他的飛機，
喜歡在天空中翱翔，帥氣的開著飛機。

在高處俯瞰地上，
微風輕輕地吹著自己的臉龐，
感覺好舒服。

這時熙米進房間，
看到多恩抱著玩具飛機，
沉浸在自己的幻想世界。

多恩抱起自己的機器人，
跟自己的棒球，
還有書包。

熙米說：「多恩， 快點收拾你的玩具， 房間
趕快整理乾淨， 我陪你一一起收。 」

兩個人一起收好衣服摺好衣服。

一起把床鋪好，
把地擦乾淨。

終於把房間整理得乾乾淨淨，

這樣今天就可以睡得舒舒服服。

多恩說：
「該下樓去打掃客廳了。」

打掃好房間，
多恩開心地從樓上用
樓梯扶手滑下去。

熙米見狀喊道：
「太危險了，小心！」
碰！
「你看看你，又摔倒了。」

熙米扶起跌倒的多恩後來到客廳，
現在就來整理凌亂的客廳吧！

熙ㄒㄧ米ㄇㄧˇ與ㄩˇ多ㄉㄨㄛ恩ㄣ
一ㄧ起ㄑㄧˇ分ㄈㄣ工ㄍㄨㄥ合ㄏㄜˊ作ㄗㄨㄛ整ㄓㄥˇ理ㄌㄧˇ客ㄎㄜˋ廳ㄊㄧㄥ。

在兩個人的努力下， 客廳終於整理好了，
但是他們也變得髒兮兮的， 看到彼此的模樣，
熙米與多恩互相笑著對方。

兩個人都一身汗還沾滿灰塵，
就連衣服也沾到醬料，
現在要做的事情就是上樓去浴室，
把自己從頭到尾洗得香香的。

多恩放熱水澡，熙米脫衣服，
兩人互相搓澡。

擦乾身體，
多恩的肚子突然咕嚕咕嚕地叫了起來，
看來是肚子餓了， 來準備食物吧！

洗完澡後，
熙米決定要做他最拿手的食物，
就是蔬菜蕃茄菇菇湯。

準備的食材有：
洋蔥、 西洋芹、 高麗菜、
花椰菜、 蕃茄、 洋菇，
還有香料。

現在開始展現熙米的神奇魔法料理，
每樣食材一一加進去，
細心慢慢熬煮， 煮出食物原有的味道。

在燉煮的過程中，
酸酸甜甜的味道撲鼻而來，
蔓延整個廚房，
聞了讓人食指大動。

食ᐓ物ˋ已ᐧ經ᐧ煮ᐣ好ˋ了ˊ，
多ᐳ恩ᐣ馬ᐹ上ˋ去ᐣ準ᐣ備ˋ餐ᐣ具ˋ，
準ᐣ備ˋ享ᐣ用ˋ食ᐓ物ˋ。

享用著剛煮好的美食， 想著今天做過的事，
整理好亂七八糟的房間、 客廳， 成果令人非常滿意。

今天非常的美滿，　好期待明天要做的事情！

編劇說：

家裡帶孩子的爸爸，唸童話書給孩子的爸爸，發現喜歡各式各樣的日常作為故事，順其自然，故事就是周遭環境帶來可愛的小插曲。

培養一個日常生活變成故事的興趣，每個角色都有獨特的個性，做自己的故事，但願你們把故事當成朋友,依然會繼續喜歡下去，也希望可以改變自己，成為更好的人。

尼爾

插畫家說：

從生技業到藝術，自學插畫帶給我工作與生活的平衡，養育孩子帶給我單純的快樂，也讓我發現繪本繽紛的世界，和孩子他們生活的點滴成為最好的作畫創意來源，裡面許多表情、喜怒哀樂、活潑或搗蛋都是平常孩子的真實反應。

感謝唯心科技全力支持,讓我能隨心所欲的繪圖，作畫的過程非常的開心！這是我的第一本繪本，我會一直創作下去。

妮可

給父母、老師、孩子們
的腦力激盪時間

一起來回答問題
完成任務吧!

回答問題

玩具 ⭐

玩完玩具後，我們要做什麼才不會像多恩一樣被玩具絆倒呢？

伸出援手 ⭐⭐

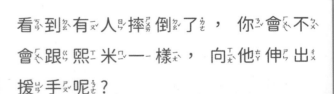

看到有人摔倒了，你會不會跟熙米一樣，向他伸出援手呢？

分工合作 ★ ★ ★

分工合作可以讓做事的速度變快喔，一起來學習如何分工合作吧！

蔬菜  ★ ★ ★

多吃蔬菜有益身體健康，你最喜歡吃什麼蔬菜呢？熙米的桌上有很多種蔬菜，你認得幾種呢？

收拾玩具

熙米與多恩的房間
有好多玩具，一起
來幫他們整理房間
吧！

拿出你的鉛筆，把
玩具通通都圈起來
，並且數數看共有
幾個玩具吧！

熙米與多恩

熙米與多恩的大掃除

書　　　名　熙米與多恩(熙米與多恩的大掃除)

編　　　劇　尼爾

插　畫　家　妮可

封 面 設 計　妮可

出 版 發 行　唯心科技有限公司

　　　　　　地　　址：台北市松山區八德路三段247號五樓之一

　　　　　　電　　話：0225794501

　　　　　　傳　　真：0225794601

主　　　編　廖健宏

校 對 編 輯　簡榆蓁

策 劃 編 輯　廖健宏

出 版 日 期　2022/01/22

國 際 書 碼　978-986-06893-0-3

印 刷 裝 訂　博創股份有限公司

定　　　價　500元

版　　　次　初版一刷

書　　　號　S002A-DCWJ01

音 訊 編 碼　0000000000030001

本書內文使用的ㄅ源泉注音圓體

授權請見https://github.com/ButTaiwan/bpmfvs/blob/master/outputs/LICENSE-ZihiKaiStd.txt